EL DÍA MÁS FELIZ DE LA VIDA

Antonio Gil y Zárate

PERSONAS

DON JUAN BENAVIDES.
DON ANDRÉS.
DOÑA VENANCIA, SU ESPOSA   .
DOÑA ANTONIA Sus hijas
DOÑA MERCEDES
DON FEDERICO, AMANTE DE DOÑA MERCEDES
PAQUITO, PRIMO DE DON ANDRÉS
FRANCISCO, CRIADO.
CRIADOS.
MÚSICOS.

ACTO ÚNICO

La escena es en Madrid en casa de don Andrés.

El teatro representa una sala con puerta al foro y tres laterales: una a la derecha del actor, que es la del cuarto de DOÑA VENANCIA y DOÑA ANTONIA; y dos a la izquierda, que dan paso a varias salas y habitaciones de casa. A la izquierda un espejo de cuerpo entero, una mesita con las alhajas de la novia. Al otro lado un despacho o mesa para escribir.

Escena I

DON JUAN.- (Sale por el foro, y se detiene para hablar hacia dentro) Agradezco el favor de usted... Viva usted mil años. Tenga usted la bondad de esperar un poquito... la novia no está vestida todavía... ¡Ah! Caballero, aprecio infinito la parte que usted toma en mi dicha. -Lleve el diablo los cumplidos... No, no se me olvidará que es hoy el día más feliz de mi vida. Todos toman a empeño el recordarmelo y repetirlo, formando una especie de eco. Los criados de la casa por una parte haciendo mil cortesías; por otra la modista, el repostero, y otros mil presentándome sus cuentas. ¡Qué cara, cuesta la dicha! Y luego tantas gentes toman parte en la mía que apenas me quedará un poquito para mí.
Estoy molido: he ido ya a mil partes... en coche, es verdad... pero el fastidio de bajar y subir... ¡Las dos! ¡Y aún no se han acabado de aviar mi novia y mi suegra! Y bien, querida Mercedes (Viéndola), ¿en qué estamos

4/41

Escena II

DON JUAN y DOÑA MERCEDES.

DOÑA MERCEDES.- Un poquito de paciencia, querido cuñado; ya pronto acabará mi hermana de vestirse, pues el peluquero Pajarito ya casi ha concluido.

DON JUAN.- Gracias a Dios: dos horas ha que tiene asida a mi mujer por los cabellos. ¡Qué plomo! No, no tiene alas ese pajarito.

DOÑA MERCEDES.- Pues entre tanto le haré a usted un rato de compañía, y te diré por qué mi hermana tenía hocico con usted ayer noche.

DON JUAN.- Dígamelo usted.

DOÑA MERCEDES.- Porque entre los mantones que usted la ha regalado ha olvidado incluir uno de remiendos.

DON JUAN.- ¡Miren qué demonio! ¿Con que por eso? Es decir que ahora exige...

DOÑA MERCEDES.- Nada exige; pero sus amiguitas la han dicho que son los que están más en moda. Y ya se ve, eso hubiera sido en usted mayor prueba de cariño.

DON JUAN.- ¿De modo que las pruebas de amor las debemos buscar los novios en las calles del Carmen y de Carretas?

DOÑA MERCEDES.- ¿Quién lo duda?

DON JUAN.- ¿Y sabe usted, cuñada mía, que las vistas y regalos de boda, me están ya en más de treinta mil reales?

DOÑA MERCEDES.- ¿Qué es eso para un hombre que tiene ocho casas en Madrid, y es además depositario?

DON JUAN.- Sí, hija mía; pero un depositario tiene más afición a recibir que a dar. Además, lo que es pañuelo de remiendos lo he comprado, pero es regalo que quiero hacer a usted.

DOÑA MERCEDES.- Pues bien, déselo usted a mi hermana, a fin que ningún disgusto turbe el día más feliz de su vida.

DON JUAN.- ¿De veras? ¿Con que no forma usted empeño en tenerlo?

DOÑA MERCEDES.- No por cierto.

DON JUAN.- ¡Ah, que mujer tendría en usted a no haberse desbaratado nuestra boda!

DOÑA MERCEDES.- ¿Todavía se acuerda usted de eso?

DON JUAN.- No comprendo cómo ha sido. Usted es la hermana mayor... usted la que pedí en casamiento... también creo es usted la única a quien amaba... y luego me han hecho creer que no era sino a su hermana de usted, tanto que al fin yo mismo me lo he persuadido, y estoy realmente enamorado de ella.

DOÑA MERCEDES.- Y con razón. La Antonia es mucho más amable y alegre que yo.

DON JUAN.- Sí, pero es algo coqueta. A todos hace buena cara, y eso no me gusta.

DOÑA MERCEDES.- Así está usted seguro de que no se la pondrá mala.

DON JUAN.- ¿Quién sabe? Y luego tiene unos cascos tan ligeros... un carácter tan variable... En vez que usted es tan buena, tan indulgente... con otras prendas apreciables... como la de no empeñarse en tener pañuelos de remiendos... ¡Oh! Usted conoce lo que es la economía de una casa.

DOÑA MERCEDES.- Con un marido millonario esa es prenda inútil. Yo no sabría qué hacerme con ese caudal, en vez que mi hermana sabrá emplearle dignamente. Ya verá usted cómo le pone su casa. Marido rico y mujer lechuguina, ved ahí juntos el ingreso y salida de caudales.

DON JUAN.- Sí, pero...

DOÑA MERCEDES.- Vaya, hermano. Es usted un ingrato, y no sabe apreciar toda su dicha.

Escena III

Dichos y un CRIADO.

CRIADO- Señor, esta carta acaba de llevar a casa el cartero. (Vase)

DON JUAN.- Ésta es otra. Hace algunos días que me arruina el correo. ¿Y si sólo fueran cartas de enhorabuenas?... Pero también las hay anónimas... y lo mismo cuestan las unas que las otras.

DOÑA MERCEDES.- Es que suelen tener todas el mismo valor.

DON JUAN.- ¿No digo? Otro anónimo. (Abierta ya. Lee.) «Señor don Juan Benavides. Muy señor mío: acabo de saber por un amigo que reside en esa que va usted a contraer esponsales con la hija de don Andrés Palacios. Si es usted hombre de honor, espero que suspenderá la boda hasta después de la explicación que pienso tener con usted. Como el señor don Andrés conoce mi nombre y mi letra, no firmo ni escribo ésta con mi propio puño; pero salgo hoy para Madrid en posta, y llegaré el ocho por la tarde.» ¿Qué significa esto?

DOÑA MERCEDES.- Algún chasco que quieren dar a usted.

DON JUAN.- Pues es un chasco que me hace muy poca gracia. Si acaso...

DOÑA MERCEDES.- ¿Qué es eso? ¿Va usted a formar algún mal pensamiento?

DON JUAN.- No... El ocho por la tarde... es hoy... pero a esa hora ya estarán echadas las bendiciones.

DOÑA MERCEDES.- No haga usted caso de eso.

DON JUAN.- No hago caso... pero esta carta me va a estar dando tormento todo el día... ¡Es mucho cuento! Que no pueda un hombre tener un día completo de felicidad sin que vaya mezclado con alguna amargura... ¡Y esta muchacha que no acaba de vestirse! Verán ustedes cómo viene el señor cura para celebrar el desposorio, y tiene que esperarse. Esto no es regular... No, pues mañana será preciso que se levante temprano para irnos a velar antes que acuda mucha gente a la iglesia. Me incomodan en tal caso los mirones... ¡Ah! gracias a Dios que ya sale la mamá.

Escena IV

Dichos y DOÑA VENANCIA.

DOÑA VENANCIA.- ¿Qué haces ahí, Merceditas? Ve con tu hermana; no la dejes sola, que en un día como hoy ha menester la pobrecita hallarse rodeada de su familia.

DOÑA MERCEDES.- Ya voy, mamá. (Vase.)

DOÑA VENANCIA.- Buenos días, yerno; usted disimulará, pero (Con aire melancólico) tengo el corazón traspasado... Usted va a ser feliz, y yo voy a separarme de una hija adorada... ¡y qué hija! Desde esta mañana no hago más que llorar, y apuesto que tengo los ojos como puños.

DON JUAN.- Al contrario: están muy vivarachos y alegres, y nunca he visto a usted con más bellos colores.

DOÑA VENANCIA.- Algún esfuerzo ha de hacer una sobre sí misma... pero confiese usted que éste es el día más desgraciado de mi vida.

DON JUAN.- Buen consuelo para mí después de los anónimos.

DOÑA VENANCIA.- No lo digo por usted... Bien veo que mi Antoñita va a nadar en la opulencia; que tendrá gran casa, muebles magníficos, soberbios brillantes, landó, palco abonado... y luego el cariño con que usted la tratará... que no habrá moda en que no entre... pero en medio de todo esto, yo soy la digna de compasión.

DON JUAN.- No señora. Usted no se separa de su hija, y participará también de su felicidad.

DOÑA VENANCIA.- ¿De veras? Prométame usted hacerla muy dichosa... En sus manos de usted pongo su suerte.

DON JUAN.- Descuide usted, señora... Pero ahora que estamos aquí solos, ¿podría usted decirme qué significa esta carta que acabo de recibir.

DOÑA VENANCIA.- ¿Yo? ¿qué sé?... ¡Un anónimo! ¿y usted hace caso de esto? Pues si yo le enseñase todos los que me han dirigido acerca de usted...

DON JUAN.- ¿Sí?

DOÑA VENANCIA.- Le ponen a usted como un trapo.

DON JUAN.- Quisiera por gusto ver alguno.

DOÑA VENANCIA.- ¿Para eso estoy yo ahora? Tengo otras cosas en que pensar... Dígame usted, ¿ha ido a casa de mi hermana?

DON JUAN.- No señora.

DOÑA VENANCIA.- Pues es preciso.

DON JUAN.- ¿Por qué?

DOÑA VENANCIA.- Porque no vendrá a la boda como no se vaya por ella.

DON JUAN.- ¿Hay más que mandarle un recado?

DOÑA VENANCIA.- No señor, usted mismo ha de ir. Es mi hermana, la tía de su mujer de usted.

DON JUAN.- Ya estoy... Pero si apenas se tratan ustedes.

DOÑA VENANCIA.- Es verdad que no nos vemos en todo el año; pero cuando hay boda o entierro es de etiqueta el asistir. Vaya usted.

Escena V

Dichos y DON ANDRÉS.

DON ANDRÉS.- (Sale al foro.) Yerno, ahora sí que la hicimos buena. ¿Usted no sabe lo que pasa?

DON JUAN.- ¿Qué es lo que pasa, suegro mío? Vaya, que hoy no gana uno para sustos.

DON ANDRÉS.- ¿Dónde había usted ido a buscar los músicos para el baile?

DON JUAN.- Al teatro; y bien que me cuestan.

DON ANDRÉS.- Pues: y ahora me pasan recado de que no pueden asistir porque tienen opera.

DOÑA VENANCIA.- ¿Es decir que no habrá baile?

DON ANDRÉS.- Como entre los concurrentes no se encuentre algún aficionado...

DON JUAN.- ¡Misericordia! ¡Música de aficionados! ¡Y en un día de boda! ¡Buen principio de armonía!

DON ANDRÉS.- Pues vaya usted a la Puerta del Sol: allá encontrará músicos a docenas; pero no nos traiga algunos chapuceros que nos taladren los oídos.

DON JUAN.- ¿Hay más que enviar a un criado?

DON ANDRÉS.- Esas cosas nadie las hace mejor que uno mismo.

DON JUAN.- ¡Otro viaje! ¡Si estoy molido! Suegra, ¿no podría usted encargarse de la parte musical?

DOÑA VENANCIA.- ¿Quién? ¡yo!... ¿Ha perdido usted el juicio? En tal día como hoy no esta en el orden separarme del lado de mi hija.

DON JUAN.- Pues bien, que no haya baile, así despacharemos más pronto.

DOÑA VENANCIA.- ¿Y se había de quedar mi hija sin lucir su traje de baile? Primero dejaría la boda para mañana.

DON JUAN.- Eso no.

DON ANDRÉS.- Ni puede ser tampoco, porque en las escuelas de convite se habla de baile. Como que yo mismo di el modelo para ellas, y bastante trabajo que me costó el componerlo.

DON JUAN.- Como esas cosas se dicen, y luego...

DON ANDRÉS.- No señor: yo soy amigo de la formalidad. A pesar de eso, en ocho días me ha hecho usted caer en más de veinte faltas.

DON JUAN.- ¿Yo?

DON ANDRÉS.- Usted... Se trató primero de que su casamiento fuese con mi hija mayor Mercedes, y en ese concepto lo participé ya a muchos amigos y conocidos. Hasta lo escribí a mis corresponsales en Barcelona, Cádiz y

Sevilla.

DON JUAN.- ¿Quién le mandaba a usted tener tanta prisa? ¿Podía yo preveer una mudanza de inclinación?

DOÑA VENANCIA.- Pero señor, está usted perdiendo un tiempo precioso.

Vaya usted pronto a esas diligencias.

DON JUAN.- Voy corriendo... El coche. (Yendo a la puerta del foro.) Ya es tiempo de que el matrimonio venga a fijarme... desde esta mañana estoy hecho un zarandillo. (Va a la puerta de la derecha.)

DOÑA VENANCIA.- ¿Dónde va usted?

DON JUAN.- Quisiera saber a cuántos esta mi novia de su peinado. (Llama a la puerta.)

PAQUITO.- (Dentro.) ¿Quién es?

DON JUAN.- El novio.

PAQUITO.- (Idem.) No se puede entrar.

DON JUAN.- ¡Calle! ¿Mi mujer no está sola en su cuarto?

DOÑA VENANCIA.- Están con ella su hermana, su doncella y Paquito.

DON JUAN.- ¿Quien es Paquito?

DOÑA VENANCIA.- Un primo nuestro. ¡Jesús, qué ojos me echa usted! ¿Tendrá celos acaso? ¡Celos de un niño de quince años que está ahora aprendiendo lógica!

DON JUAN.- ¡Lógica!... ¿y que prueba la lógica? ¿Si será suyo el anónimo? No me fío de los primos. El himeneo es un melodrama de grande espectáculo, en que los primos hacen el papel de traidores.

DOÑA VENANCIA.- (Llorando.) Y el marido el de tirano.

DON ANDRÉS.- Pero hombre, ¿qué hace usted ahí? ¡Cuidado, que tiene una cachaza!... Vamos, vamos; no me separo de usted hasta dejarle en el coche.

DON JUAN.- Eso es: el suegro que se impaciente, la suegra que llora... heme aquí entre el fuego y el agua. Vamos, suegrecita, enjugue usted esos bellos ojos... Voy a obedecerla... ¡Pero cuántas cosas tengo que hacer! Verá usted como en este día tan feliz no me queda un momento para casarme

Escena VI

DOÑA VENANCIA, y luego DOÑA ANTONIA y DOÑA MERCEDES.

DOÑA VENANCIA.- Vuelvo a mi tema: este marido ha de ser un tirano.
(Va hacia el cuarto de la derecha, abre la puerta y llama.) Antoñita, hija,
estoy sola: aquí puedes acabarte de vestir.
DOÑA ANTONIA.- (Se coloca delante del espejo.) ¡Ay mama, que
desgracia! Este traje me está muy ancho. ¡Me sienta tan mal!...
DOÑA VENANCIA.- ¿A ver? deja... No, pues no me parece que está tan
mal. Este peinado si que...(Arreglándola el vestido y peinado.) ¡Ah!
¿Sabes que tu novio acaba de salir de aquí?
DOÑA ANTONIA.- Hace aquí unas arrugas... A ver, un alfiler...
DOÑA VENANCIA.- Ha sentido mucho no verte: ¡con qué impaciencia
estaba!
DOÑA ANTONIA.- Mercedes, mira por detrás si hace buen talle.
DOÑA MERCEDES.- Perfectamente. ¡Mire usted, mamá, qué bien está mi
hermana
DOÑA ANTONIA.- ¡Bastante trabajo nos cuesta!
DOÑA VENANCIA.- (Sigue arreglando varias partes del vestido.)
Escusado sería, hija mía, trazarte la conducta que hoy debes observar. Un
aire cariñoso y sentimental con los parientes y amigos; un exterior
modesto y reservado con tu novio aunque tampoco vendrá mal su
poquito de ternura; mas esto lo dejo a tu discreción, porque a veces les
sienta bien a las jóvenes que se casan cierta frialdad e indiferencia. ¿Estás?
DOÑA ANTONIA.- Sí, mamá.
DOÑA VENANCIA.- Si acaso, como suele suceder en días de boda, se le
soltasen a alguno chanzas e indirectas poco decorosas, no vayas a ponerte
colorada y bajar los ojos al suelo como quien lo comprende todo. No, que
es mucha imprudencia. Al contrario, míralos con aire de sorpresa,
haciéndote la tonta. Eso desconcierta a los burlones, y les da muy buen
concepto de la novia.
DOÑA ANTONIA.- Así lo he hecho siempre mamá.
DOÑA VENANCIA.- ¡Pobrecita!... Por lo demás, ya he calado yo el genio
de tu marido. Debes llevarle con la dulzura... Harás de él cuanto quieras
con cuatro cariños y mimos. ¡Ya ves qué cosa tan fácil!

DOÑA ANTONIA.- Entiendo. ¿Es así como se ha manejado usted con mi padre?

DOÑA VENANCIA.- (Bajo para no ser oída por DOÑA MERCEDES.) ¡Ay amiga!

Con él elegí un malísimo arbitrio.

DOÑA ANTONIA.- ¿Cuál?

DOÑA VENANCIA.- Los ataques de nervios y convulsiones.

DOÑA ANTONIA.- Pues no me parece...

DOÑA VENANCIA.- Malísimo, te digo; muy cansado, y que sólo se puede emplear cada tres o cuatro días. Es preciso guardarlo como recurso extraordinario. Pero me parece que será hora de que pases a la sala.

DOÑA ANTONIA.- ¡Ay, mamá! ¿Y he de presentarme delante de tanta gente? Me arredra tener que recibir tantas enhorabuenas a un tiempo. Y luego todavía han de faltar algunos convidados.

DOÑA VENANCIA.- Tienes razón. Aguardemos a que todos estén reunidos: así producirá tu entrada más efecto. Voy allá a ver qué gente hay.

DOÑA ANTONIA.- Y yo entre tanto arreglaré aquí los regalos que pienso hacer a mi hermana y los parientes.

DOÑA VENANCIA.- Muy bien: a Dios. Mira, tente un poco más derecha... así... Bendita seas, mona mía.

Escena VII

DOÑA ANTONIA y DOÑA MERCEDES.

DOÑA MERCEDES.- ¡Cuan grato me es, en medio del bullicio de este día, hallarme un rato a solas contigo!
DOÑA ANTONIA.- ¡Querida hermana! ¡tú a quien todo lo debo! porque al fin ha sido un sacrificio el dejarme casar la primera siendo tú mi hermana mayor. Y luego con quien primero se trató esta boda fue contigo.
DOÑA MERCEDES.- Es cierto, pero nada me debes, pues me hubiera hecho muy infeliz...y ha sido un favor para mí el que me hayas quitado el novio.
DOÑA ANTONIA.- Favor que poco me ha costado; ¡es tan gustoso el llevar una diamantes por la primera vez!
DOÑA MERCEDES.- ¡Con tal de que no me olvides!
DOÑA ANTONIA.- ¡Yo olvidarte! Nunca.
DOÑA MERCEDES.- Plegue al cielo hacerte muy feliz.
DOÑA ANTONIA.- ¿Y cómo no lo he de ser? Con un marido rico y que nada me niega... Tendré vestidos magníficos, iré a tertulias, daré conciertos y seré admirada, causaré envidia; ¿qué más placeres puedo apetecer? Yo siempre me he pintado la felicidad rodeada de sedas, encajes y brillantes.
DOÑA MERCEDES.- ¡Cosa extraña! No es esa la idea que yo me he formado de ella.
DOÑA ANTONIA.- Tú no tienes ambición; es la sola prenda que te falta; y luego eres algo novelesca: te figuras que para hacer una buena casada es preciso estar muy enamorada de su marido.
DOÑA MERCEDES.- ¿Qué quieres? Todas tenemos nuestras aprensiones.
DOÑA ANTONIA.- Al menos no dirás que me opongo a tu gusto; y si algún día vuelve a Madrid tu amado Federico, me será grato el verte casada con él. Federico es un buen muchacho; muy amable; nuestro amigo desde la infancia; pero no tiene caudal; es pobre; y sobre todo se halla tan lejos... en Sevilla. Es tan triste eso de quererse sólo por cartas... Pero deja; mi marido es rico, tiene muy buenos empeños, y nos será fácil sacarle un empleo en Madrid.
DOÑA MERCEDES.- ¡Qué buena eres, hermana!

DOÑA ANTONIA.- Nunca será tanto como yo quisiera. ¡Pobre hermana! Entre tanto recibe (Dándola un estuche.) esta prenda de amistad; es mi regalo de boda.

DOÑA MERCEDES.- ¡Qué bonito! Esto es mucho; te has arruinado.

DOÑA ANTONIA.- No importa: es con el dinero de mi marido. Siento que sólo sea un aderezo de turquesas. Pero vosotras las solteras nunca lleváis diamantes.

DOÑA MERCEDES.- (Sonriéndose.) Es cierto; sólo las casadas.

DOÑA ANTONIA.- Hazme el favor de avisar a nuestros primos y amiguitas: también tengo regalos para ellos.

DOÑA MERCEDES.- Aquí viene precisamente nuestro primo Paquito. Voy a buscar a los demás.

Escena VIII

DOÑA ANTONIA y PAQUITO.

DOÑA ANTONIA.- Ven acá, Paquito. (Se mira al espejo.) Ahora me parece mejor el vestido.
PAQUITO.- Prima, ¿con que ello es que al fin hoy te casas?
DOÑA ANTONIA.- Sí, hijo mío; dentro de una hora... voy a jurar a don Juan amarle toda la vida. Así lo quieren mis padres. Dime, Paquito, ¿qué tal estoy?
PAQUITO.- Muy bien, prima: como siempre.
DOÑA ANTONIA.- ¿Nada más que como siempre? La tonta soy yo que te consulto; ¡como si un muñeco tuviese formado el gusto! ¿Sabes que estas hoy muy fastidioso?
PAQUITO.- ¿Que quieres? Estoy triste.
DOÑA ANTONIA.- ¡Triste! Bien pudieras dejarlo para otro día... Pero a otra cosa: tú que eres poeta, supongo que habrás compuesto algunos versos a mi boda.
PAQUITO.- No por cierto.
DOÑA ANTONIA.- ¿No? ¡Miren qué lindo! Los compuso para la boda de la
Cifuentes y para la mía no... ¿De qué nos sirve tener un poeta en la familia? Pero todavía hay tiempo. Manos a la obra, e improvísame ahí unas décimas.
PAQUITO.- ¿Yo celebrar esta boda?... No puedo.
DOÑA ANTONIA.- ¿Y por qué razón?
PAQUITO.- No sé: ello es que no puedo, y que estoy desesperado. (Lloroso.)
DOÑA ANTONIA.- ¡Y llora!
PAQUITO.- No lo puedo remediar... y si no llorase reventaría.
DOÑA ANTONIA.- Vamos, no seas niño; mira que me enfado, y no te doy el regalo que te tenía prevenido.
PAQUITO.- Un regalo... ¿A ver? Un reloj.
DOÑA ANTONIA.- Y de repetición, con su cadena, y todo... Cuidado con guardarlo siempre.

PAQUITO.- Sí, siempre... Me servirá para contar las horas que paso lejos de ti.

DOÑA ANTONIA.- Ea, calle usted. Déjese de ese tono triste y sentimental. ¿Quiere usted que lo reparen, y causarme a mi un disgusto?

PAQUITO.- (Secándose las lágrimas.) ¿Yo? Primero morir... Me venceré por darte gusto. (Y quieren todavía que esté contento! ¡qué desgraciado que soy!)

Escena IX

Dichos, DON ANDRÉS y DOÑA VENANCIA.

DOÑA VENANCIA.- Antoñita, hija, ya está ahí el señor cura.
DON ANDRÉS.- ¿Y tu novio? ¿No ha vuelto todavía?
DOÑA ANTONIA.- No, papá.
DON ANDRÉS.- ¡Jesús, qué hombre! ¡Qué pesado está para ser el día de su boda!
DOÑA VENANCIA.- Y esa sala que está llena de gentes... los padrinos que acaban de llegar... el señor cura que va a perder la paciencia...
¡Dios mío, que compromiso!
DON ANDRÉS.- ¡Ah! hele aquí por fin. Venga usted, señor novio... nadie falta más que usted.

Escena X

Dichos y DON JUAN.

DON JUAN.- ¡Qué! ¿está ya ahí el señor cura?

DON ANDRÉS.- Sí, ya está: vamos, vamos pronto.

DON JUAN.- ¡Jesús! Dejadme un poco descansar... estoy molido... Por fin la tía vendrá... tendremos una excelente orquesta. Ya están ustedes servidos... ¡Ah! ¡qué es lo que veo! (Repara en la novia.)

DOÑA VENANCIA.- ¿Se ha quedado usted sorprendido?

PAQUITO.- (Parece que lo hace adrede: ¡nunca la he visto más linda!)

DON JUAN.- ¡Qué gracia! ¡Qué atractivo, y qué diamantes!

DOÑA ANTONIA.- ¿Ha encargado usted a los músicos que las contradanzas y rigodones que toquen sean bonitos?

DON JUAN.- Todos serán de los más modernos: sacados de las óperas de Rosini.

DOÑA VENANCIA.- Con que vamos: no perdamos tiempo. Hola, muchachos.

(Llama.)

Escena XI

Dichos, FRANCISCO y otros criados; estos abren las puertas de la izquierda a su tiempo.

DOÑA VENANCIA.- Abrid esas puertas (lo hacen.). Tú, Paquito, ve a anunciar que los novios van a salir.
PAQUITO.- Yo, tía... no quiero.
DOÑA VENANCIA.- Miren que bien mandado... Anda pronto, no aguardes a que me enfade.
PAQUITO.- (Pues... hasta esto me han de obligar a hacer: reniego de mi suerte.) (Vase.)
DON ANDRÉS.- Tú, Francisco, cuida de que quede bien arreglada esta sala. Haz poner luces por todas partes... Si los músicos vienen, ya sabes adónde se han de colocar... ¿Con que, estamos?
DON JUAN.- Un momento... ya va anocheciendo: sólo estoy con una jícara de chocolate en el cuerpo. Suegra mía, yo me desmayo... no sería malo tomar primero un refrigerio...
DOÑA VENANCIA.- ¿Qué está usted diciendo? En un día de boda el novio no debe comer. Sólo se alimenta de amor.
DON JUAN.- ¡Amor! Poca sustancia tiene eso... ¡Dios mío! ¡matarme de hambre! ¡Y a esto llaman el día más feliz de la vida!
DON ANDRÉS.- ¿Pero señor, que hacemos? ¿Están ya abiertas las puertas del salón?
FRANCISCO.- Sí señor.
DON ANDRÉS.- Hija, he aquí el momento mas interesante de tu vida.
DOÑA ANTONIA.- Mamá, mire usted si se ha chafado el vestido.
DON JUAN.- Está usted divina.
DON JUAN.- (Después que la arregla.) Bien está ya... Tu entrada en la sala va a dar golpe... ¿Qué hace usted? (A don Juan.)
DON JUAN.- Dar la mano a mi novia para...
DOÑA VENANCIA.- No señor: no le corresponde dársela hasta después de la ceremonia. Ahora quien la debe presentar es su padre. Usted vendrá conmigo.
DON JUAN.- ¿Y los padrinos? ¿Los testigos?

DON ANDRÉS.- Ahí están en ese cuarto inmediato con los más próximos parientes, pira que todos entremos a la vez, y sea más vistoso. Vamos.
DOÑA VENANCIA.- Vamos. (El padre da la mano a la hija, el novio a la madre, y vanse por la puerta derecha.)

Escena XII

FRANCISCO y los otros criados se ocupan en arreglar los trastos, y traen luces.

FRANCISCO.- Pues señor, hoy se saca la tripa de mal año, y se hace ancheta... Regalos por aquí, regalos por allí... que no hubiese siquiera una boda cada semaña. Vamos pronto, dejemos listo esto... traed luces... no hay que descuidarse, pues la ceremonia es corta, y si salen por aquí los amos... El refresco se ha de servir en seguida. Traedlo a esta pieza inmediata; ahí estará más a la mano para pasarlo a la sala. (Pasan varios criados y mozos con bandejas, garapiñeras, canastos de dulces, y todo lo necesario para un refresco: lo sacan todo por la puerta del foro, y lo entran por la primera de la izquierda. Francisco manda desde esta puerta.) Cuidado con romper los vasos: colocad los bizcochos y dulces en las bandejas, todo con orden y aparato... que luzca mucho.

Escena XIII

Dichos y los músicos.

FRANCISCO.- ¡Hola! ¿Son ustedes los músicos? Por allí... (Señala la segunda puerta de la izquierda.) en aquel cuarto esperarán ustedes hasta que se les avise.
MÚSICOS.- Diga usted, amigo; ¿por supuesto que habrá ambigú?
FRANCISCO.- No señor; los novios se quieren retirar temprano. Lo que hay es refresco.
MÚSICOS.- ¿No nos olvidará usted?
FRANCISCO.- No señor.
MÚSICOS.- A usted me recomiendo.
FRANCISCO.- Vaya usted sin cuidado (Vanse los músicos.). ¿Se va arreglando ya eso? (Yendo de nuevo a la puerta.) Bueno.

Escena XIV

FRANCISCO y DON FEDERICO. (DON FEDERICO sale por el foro, y tiene el siguiente aparte mientras que FRANCISCO está figurando con señas que manda y dispone.)

DON FEDERICO.- Todas las puertas abiertas, y ya van tres piezas que atravieso sin encontrar a nadie... Qué significa tanto coche como he visto en la calle... Y luego esta multitud de luces... Esto es sin duda que don Andrés da hoy alguna gran función... ¡Ah! gracias a Dios que encuentro alguien a quien preguntar.
FRANCISCO.- ¡Ah! Caballero, ¿busca usted a alguien?
DON FEDERICO.- Los señores de la casa.
FRANCISCO.- Están ocupados ahora: no se les puede ver... como no sea usted de los convidados...
DON FEDERICO.- ¿Hay función?
FRANCISCO.- Estamos de boda... ahora mismo se está celebrando el desposorio.
DON FEDERICO.- ¿El desposorio?
FRANCISCO.- Por el ruido se conoce que ya habrá concluido... Pues señor, Dios los haga buenos casados.

Escena XV

Dichos y DON ANDRÉS.

DON ANDRÉS.- Francisco, pronto, a servir el refresco... cuidado... que salgan también los criados de don Juan... y los que han venido a asistir... que haya mucha gente, mucha. (Vase Francisco.)
DON FEDERICO.- ¡Señor don Andrés!
DON ANDRÉS.- ¿Qué veo?... El es... ¿Mi querido Federico? ¿Llegas ahora de Sevilla?
DON FEDERICO.- No hace media hora... Me he apeado ahí cerca en la fonda de Malta.
DON ANDRÉS.- Me alegro, hombre, me alegro... así serás le los nuestros... Date por convidado...
DON FEDERICO.- ¿Con que es cierto el casamiento?
DON ANDRÉS.- Toma, no que no... ahora mismo se acaban las bendiciones.
DON FEDERICO.- ¿Es decir que han apresurado ustedes la boda?
DON ANDRÉS.- Ya se ve que sí... El novio es millonario... luego tiene un buen empleo... treinta mil reales de sueldo... excelente viudedad... Ya ves, no era cosa de perder... (Se oye llamar dentro ¿don Andrés, don
Andrés?) Ya voy... Con que si quieres entrar... que yo hago falta por allá dentro. (Vase.)

Escena XVI

FEDERICO.

DON FEDERICO.- ¿Con qué es cierto? ¿Y habré corrido tantas leguas para llegar precisamente en el momento mismo en que acaba de casarse? Toda mi actividad ha sido inútil. Apenas recibí la carta del mismo don Andrés en que me participaba que su hija Mercedes se iba a casar con don Juan Benavides, sin perder más tiempo que el necesario para arreglar mis asuntos, tomo la posta a fin de reclamar la mano de mi querida, y... ¡heme ya privado de toda esperanza! ¡Infiel Mercedes! ¡Y en qué tiempo llego a saber su traición! Cuando ya la suerte me miraba risueña... cuando una herencia considerable me permitía hacer dichosa a la que amaba... Amor, riquezas, todo lo traía a sus pies, y... ¡la encuentro en poder de otro! ¿Pues no juró serme fiel eternamente? ¿Qué digo? Quizá la han violentado. Si así fuese... yo arrancarla de manos de mi rival...
Ha debido recibir una carta mía, y pues no ha hecho caso de ella, o mi vida o la suya... Alguien viene... moderación, y procuremos saber la verdad.

DON FEDERICO y DON JUAN.

DON JUAN.- (¡Jesús! ¡Qué calor hace allá dentro! Ya no podía resistirlo... tanta gente reunida... Y luego la copita de Jerez que he tomado para confortarme... como estaba en ayunas... la dicha, el contento... todo se sube a la cabeza, y...)

DON FEDERICO.- Sin duda es alguno de los convidados. Tomemos informes.

DON JUAN.- ¡Ay Dios mío! (Viendo a Federico.) ¿Nuevo convidado? Otro pariente por parte de mi mujer.

DON FEDERICO.- Caballero, parece que hay boda en la casa.

DON JUAN.- Sí señor... Estamos en el refresco... sentados unos encima de otros... ¡Como que se han aparecido lo menos veinte primos desconocidos con quienes no se contaba! Yo apenas pude hallar para sentarme una puntita de silla; de suerte que no vera a mi mujer sino de perfil, y volvía las espaldas a las tres cuartas partes de la familia.

DON FEDERICO.- Sí, pero...

DON JUAN.- Yo me he salido... porque lo mismo fue presentarse el refresco que aquello se volvió merienda de negros. Los canastos de dulces como esa mesa desaparecieron por ensalmo. Luejo cierto primito se puso a leer unas décimas a la novia. Figúrese usted, poesía de familia. Y la madre, que a la primera décima echó a llorar, creyendo que no serían más que dos o tres; pero como el primo las iba ensartando sin fin, no tuvo más remedio que fingir un vahído. Acuden todos, la aflojan el corsé, y yo he aprovechado la confusión para salir a tomar el fresco.

DON FEDERICO.- Yo estaba ausente cuando este casamiento se ha tratado; y como me parece que se halla usted bien enterado, quisiera me dijese usted qué especie de hombre es el novio.

DON JUAN.- El novio... es un hombre que... pues... que... ciertamente... un hombre de mérito. Y por lo que toca a sus títulos y empleo, los hallará usted en la Guía, página 203.

DON FEDERICO.- ¿Y piensa usted que la novia ha consentido gustosa en esta boda?

DON JUAN.- ¿Pues no ha de haber consentido? Si señor... ya se ve que sí... Pero, caballero, ¿podremos saber a qué son tantas preguntas?
DON FEDERICO.- ¿A qué? Ya no puedo contenerme. Sepa usted, caballero, que yo la quiero, la adoro... que ha jurado ser mía...
DON JUAN.- ¡Eh!
DON FEDERICO.- Y que he venido aquí para hacer saltar a su novio la tapa de los sesos.
DON JUAN.- (Pues sólo esto me faltaba. He aquí el del anónimo. Buena la hemos hecho si el día más feliz de mi vida viene a ser también el último.)

Escena XVIII

Dichos y FRANCISCO.

FRANCISCO.- ¡Señor novio! ¡Señor novio!
DON JUAN.- ¿Quieres callar?
FRANCISCO.- Señor novio, le están a usted esperando.
DON FEDERICO.- ¡Qué oigo! Con que es usted...
DON JUAN.- Sí señor; yo soy el novio. (He aquí un hombre a quien no admitiré nunca en mi casa. Me alegro de conocerle. Ésta es la única fortuna que he tenido en este día tan feliz.)
FRANCISCO.- Señor... la señorita espera a usted para romper el baile.
DON JUAN.- Ya voy, ya voy. (Se oye la música que toca una contradanza.) Caramba, ya empieza la orquesta; ¡y qué pocas ganas tengo de bailar! (Vase, y se oye la música.)

Escena XIX

DON FEDERICO.

Es preciso partir... ¡y sin verla!... Pero quiero que sepa al menos cuánto había hecho por ella. (Se sienta en una mesa y escribe.) Le diré que mis cuantiosos bienes... esto es... ¿Pero como haré llegar este papel a sus manos? ¡Qué dicha! Aquí viene su hermana. (Al salir doña Antonia cesa la música.)

Escena XX

DON FEDERICO y DOÑA ANTONIA.

DOÑA ANTONIA.- Bonito papel estoy haciendo. La contradanza ha empezado, y mi novio no parece para sacarme a bailar. De rabia me vengo aquí, y primero que... ¿Qué veo? ¿Federico, usted aquí? Esta mañana misma estábamos hablando de usted. ¡Qué sorpresa para mi hermana!
DON FEDERICO.- No hay que hablarme de ella... Sólo la pido a usted un favor.
DOÑA ANTONIA.- ¿Cuál?
DON FEDERICO.- Dentro de pocas horas estaré ya fuera de Madrid para siempre. No volveré a ver, ni a usted, ni a su hermana, ni a nadie de su familia; pero sírvase usted entregar esta carta a Mercedes.
DOÑA ANTONIA.- ¿Pero qué tiene usted? ¿Por qué no se queda?
DON FEDERICO.- ¿Por qué?... A Dios... a Dios... Soy el más desgraciado de todos los hombres.

Escena XXI

DON JUAN y DOÑA ANTONIA.

DON JUAN.- Pero señor, ¿esta chica adónde se habrá metido?, ¡Hola!
¡Estaba aquí con mi hombre!
DOÑA ANTONIA.- ¡Ah! ¿Es usted? ¡Vaya un novio atento y amable! (Se
guarda la carta en el pecho.) ¿Viene usted, ahora a sacarme a bailar?
A buena hora; cuando está concluida la contradanza.
DON JUAN.- ¡Para bailar estoy yo! Dígame usted, ¿que carta es esa que
acaba de recibir?
DOÑA ANTONIA.- ¿Cómo?
DON JUAN.- Esa que ha ocultado usted con tanta prisa.
DOÑA ANTONIA.- ¡Ah! ¿Este billete que me ha dado Federico?
DON JUAN.- (Reprimiendo su enojo.) Pues; ese mismo. La verdad, no se
por dónde tomarla. Cuando uno acaba de casarse, y no está todavía
práctico en las explicaciones conyugales... ¿Podríamos saber, querida mía,
lo que ese papel contiene?
DOÑA ANTONIA.- (Con frialdad.) Imposible... No es para usted.
DON JUAN.- (Siempre con ira reconcentrada.) Ya... ya me hago cargo.
Pero no importa; quiero verlo.
DOÑA ANTONIA.- ¡Quiero verlo! ¿Qué modo de hablar es ese y en un
día como hoy? Sepa usted, caballero, que no le dejaré tomar malos vicios...
y ya que me habla usted así, no lo verá.
DON JUAN.- Mire usted que si me empeño lo puedo exigir...
DOÑA ANTONIA.- ¡Exigir!... ¡Mamá! Mamá... ya exige.

Escena XXII

Dichos, DOÑA VENANCIA y luego DON ANDRÉS y PAQUITO.

DOÑA VENANCIA.- Hija mía, ¿qué hay?
DOÑA ANTONIA.- Que ya exige.
DOÑA VENANCIA.- ¿Ya? ¿Y te encuentro llorando?
PAQUITO.- ¡Mi prima llorando! ¿Qué tiene?
DOÑA ANTONIA.- El señor, que...
DON JUAN.- La señora, que...
DON ANDRÉS.- ¿Qué es esto, hijos míos? ¿Dais principio a vuestra felicidad con una quimera?
DON JUAN.- Pero suegro mío...
DON ANDRÉS.- ¿Está usted en su juicio, yerno? ¡El mismo día de la boda! No es esa la costumbre.
DOÑA ANTONIA.- El señor, en vez de sacarme a bailar, me ha dejado sola plantada en una silla.
DOÑA VENANCIA.- ¡Qué horror!
PAQUITO.- ¡Qué indignidad!
DOÑA VENANCIA.- ¡Pobre hija mía!
DON JUAN.- Pero señor, si yo he corrido toda la sala, y...
DON ANDRÉS.- Yerno, eso ha sido muy mal hecho.
DOÑA ANTONIA.- Y luego, después que le perdone, tiene unas acciones... ¿Pues no se ha empeñado en leer una carta que me acaban de entregar?
DOÑA VENANCIA.- Por supuesto que no habrás cedido.
DOÑA ANTONIA.- Ya se ve que no, mamá.
DON ANDRÉS.- Muy bien hecho. Desde el principio se hacen los árboles derechos. Pero a mí es otra cosa: bien me la puedes enseñar.
DOÑA ANTONIA.- Tampoco, padre: no debo entregarla sino a mi hermana.
DOÑA VENANCIA.- Lo mismo da. Vamos a buscarla. ¡Pobrecita! Es la misma dulzura. ¡Y ha tenido usted valor de darla ese disgusto! ¡Hija mía, qué suerte te espera!
DOÑA ANTONIA.- Vamos, mamá, ya se acabó.
DON JUAN.- Señora, antes de llorar oiga usted.

DOÑA VENANCIA.- No quiero oir nada. Es usted un tirano.

DON JUAN.- En diciendo que una mujer se alborota...

DOÑA VENANCIA.- Ven, mi querida Antoñita, ven. ¡Ah! Si lo hubiera previsto... Pero aún te quedan el amor y los consejos de tu madre. (Vase con doña Antonia.)

DON JUAN.- ¿Sus consejos? Se acabó... va a ser un infierno mi casa. Al menos usted, suegro mío, se hará cargo de mi razón, y...

DON ANDRÉS.- Oiga usted, yerno; yo en esto ni entro ni salgo; pero si he de hablar con franqueza, usted tiene la culpa. Diré más: toda la culpa está por parte de usted.

Escena XXIII

DON JUAN y PAQUITO

DON JUAN.- ¿Si será siempre así? Pues los anuncios prometen...
Preferiría una mujer sin dote alguno con tal de que fuese huérfana...
Tendría de menos la familia, y fuera ganar ciento por ciento.
PAQUITO.- (Despúes de haber mirado por todas partes a ver si escuchan.)
Caballero, las cosas no han de quedar así.
DON JUAN.- ¡Eh, también este otro!...
PAQUITO.- Sepa usted que mi prima hallará defensores entre sus
parientes... Veremos por que le da usted esas pesadumbres.
DON JUAN.- Según ustedes se explican, habré de darla gracias porque no
me quiere.
PAQUITO.- No le quiere a usted... ¿De veras? (Con mucha alegría.) ¿Y por
eso ha sido?
DON JUAN.- Por eso... Miren ustedes que contento se pone el señorito.
PAQUITO.- No se enfade usted primo... Pero, ¿está usted seguro de ello?
Y sobre todo, no hay que desmayar por eso... Con el tiempo sera usted....
será usted... querido. Fuera de que las apariencias engañan.
DON JUAN.- ¡No son malas apariencias! ¿Apariencias llama usted a un
joven que la amaba antes de su casamiento, y que aquí mismo, a mis
propias barbas, la ha entregado una carta?
PAQUITO.- ¿Qué dice usted?
DON JUAN.- Lo que usted oye. Yo, yo lo he visto.
PAQUITO.- ¡Es posible! ¿Y lo ha tomado usted, con esa calma? En su
lugar de usted, yo le mato.
DON JUAN.- Gracias a Dios que encuentro uno en la familia que se tome
interés por mí.
PAQUITO.- Nunca hubiera creído a mi prima capaz de semejante
perfidia. No querer e a usted, pase; ¡pero querer a otro! ¡qué horror! ¡qué
picardía!
DON JUAN.- ¿No es verdad que lo es? Pero vamos, no se acalore usted
por eso. (He aquí uno al menos a quien podre recibir en mi casa sin
peligro.) ¡Querido primo! El único es usted que me ha manifestado hoy

una amistad verdadera. Supongo que tendremos el gusto de verle a menudo por casa. ¿No es verdad? ¿Me lo promete usted?
PAQUITO.- Ya se ve que sí: mucho.

Escena XXIV

Dichos y DOÑA VENANCIA, DOÑA ANTONIAy DOÑA MERCEDES.

DOÑA VENANCIA.- ¿Dónde, dónde está mi querido Federico?
DON JUAN.- Señoras, ¿a quién buscan ustedes? ¿Quién es ese Federico?
DOÑA VENANCIA.- Aquel apreciable joven que ha entregado la carta a mi Antonia.
DOÑA MERCEDES.- ¡Querido Federico!
DOÑA ANTONIA.- ¡Pobre muchacho!
DON JUAN.- Pues señor, me gusta.
DOÑA VENANCIA.- Por desgracia no ha dejado las señas de adonde vive.
DOÑA MERCEDES.- No... ¿Y cómo sabremos ahora?
DOÑA VENANCIA.- Yerno... usted le ha visto y le ha hablado... puede que sepa...
DON JUAN.- ¿Yo? ¿Y a cuenta de qué?
DOÑA ANTONIA.- ¡Qué apesadumbrado estará ahora!
DOÑA VENANCIA.- Es preciso que le veamos.
DON JUAN.- Esto es hecho... (A Paquito.) Toda la familia se ha vuelto loca.

Escena XXV

Dichos y DON ANDRÉS.

DON ANDRÉS.- ¿Con que... no estaba? ¡Ah! Por fortuna ya me acuerdo. Al tiempo de llegar me dijo que paraba en la fonda de Malta.
DOÑA VENANCIA.- Está casi en frente... Es preciso irle a buscar.
DOÑA ANTONIA.- Paquito irá en una carrera.
PAQUITO.- No por cierto.
DON ANDRÉS.- Miren que bien mandado es el niño. Pues bien, mi yerno podrá ir.
DON JUAN.- ¿Yo? ¿Se quieren ustedes burlar de mí?
DON ANDRÉS.- ¿Con que no sabe usted lo que sucede? Federico estaba en Sevilla en casa de un comerciante que no tenía hijos...
DOÑA MERCEDES.- Y el comerciante le cobró tal cariño...
DON ANDRÉS.- Como que es tan buen muchacho todo el mundo le quiere...
Ant. y DOÑA VENANCIA.- Ya se ve que sí.
DOÑA MERCEDES.- Y el comerciante ha muerto, y le ha dejado heredero de todos sus bienes.
DON ANDRÉS.- Doscientos mil duros de capital: hele ya más rico que usted.
DON JUAN.- ¿Y qué tenemos con todo eso? ¿Le querrán ustedes dar ahora a su hija?
DON ANDRÉS.- ¿Quién lo duda?
DON JUAN.- ¡Jesús! ¡Ha perdido la chaveta! ¿Dónde se han visto unos suegros como éstos?
DOÑA MERCEDES.- Señores, estamos perdiendo tiempo... Quién sabe si se habrá ya marchado. Voy a mandar a un criado. (Vase al foro.)
DON ANDRÉS.- Y si no, yo mismo iré... mejor será... y aún me parece que está así más en el orden. (Ídem.)

Escena XXVI

DOÑA VENANCIA, DON JUAN, DOÑA ANTONIA y PAQUITO.

DON JUAN.- Es de creer que al fin me explicarán ustedes tan extraña conducta, a no ser que me tengan aquí por un cero.
DOÑA ANTONIA.- Me he justificado a los ojos de mi familia, y para mí fuera bastante; pero no abusaré de lo favorable de mi posición. Su enojo de usted es absurdo, sus sospechas ridículas, y no merecen ser refutadas.
DON JUAN.- No importa... haga usted un esfuerzo... nunca vendrá mal una disculpita.
DOÑA ANTONIA.- Sepa usted que no soy yo... sino mi hermana... esto es, yo soy con efecto... pues se ha casado usted conmigo... pero precisamente por eso mismo... y luego, como creía que... ya se ve, es tan natural en quien ama... cua que ya debe usted estar convencido de que aquí nadie lo ha podido remediar, y de que usted sólo tiene la culpa de todo.
DOÑA VENANCIA.- Eso es tan claro como la luz del día... y ya ve usted que...
DON JUAN.- Sí... veo... veo... así, un poco turbio... pero válgame la confianza.
DOÑA ANTONIA.- Mamá, si para acabar de convencerle fingiese un desmayo... (Aparte de ella.)
DOÑA VENANCIA.- No hagas tal. ¿No ves que te chafarías todo el vestido? Pero helos aquí, que ya vienen todos juntos.

Escena XXVII

Dichos y DON ANDRÉS, DON FEDERICO y DOÑA MERCEDES

DOÑA VENANCIA.- ¡Querido Federico! (Le abraza.)

DON FEDERICO.- Señora...

DON ANDRÉS.- Si no voy tan pronto, ya no le encuentro. También ha sido una equivocación particular...

DON FEDERICO.- Como usted me escribió aquella carta...

DON ANDRÉS.- Es verdad, y luego con las jaranas de la boda, me olvidé de participarte la mudanza que había ocurrido.

DOÑA MERCEDES.- ¡Ingrato! ¿Y pudo usted creer en mí tamaña infidelidad?

DON FEDERICO.- Querida Mercedes, las pruebas eran tan claras, que aunque mi corazón resistía creerlas...

DON JUAN.- ¡Calle! ¿Con que a quien quiere el señor es a Mercedes?... Pues señor, ya está todo aclarado.

DOÑA ANTONIA.- Para que otra vez no forme usted malos juicios.

DON ANDRÉS.- Aprenda usted a tener cachaza y prudencia.

DOÑA VENANCIA.- Sepa usted que mi hija es la virtud misma.

DON JUAN.- Esto es, ahora la pegarán todos conmigo.

DOÑA ANTONIA.- Hermana mía, ¡que placer para mí el que mi boda haya sido causa de apresurarse la tuya!

DOÑA VENANCIA.- ¡Ay! Apenas puede mi corazón resistir las diferentes conmociones que le oprimen. ¿Con que ya tengo a mis dos hijas colocadas?

¡Qué perspectiva tan cruel para una madre! ¡Verme sola, sin más que mi marido!... ¡Y dentro de ocho días tener que preparar otra boda!

DON JUAN.- Mientras la madre está con sus lamentos, no será malo escurrirme con mi novia hacia casa... Pues gracias a Dios, ya son cerca de las doce de la noche, y pronto veré el fin del día más feliz de mi vida...

El coche. (Yendo al foro.)

DOÑA MERCEDES.- Mamá, si usted lo permite, nos casaremos sin ruido ni aparato, yéndonos sólo a divertir al campo.

DOÑA VENANCIA.- ¿Y por qué?

DON FEDERICO.- Así estaremos más contentos, y nadie se divertirá a costa nuestra.

DON JUAN.- Queridos suegros, llegó el momento. Ya es hora de que nos retiremos.

DOÑA VENANCIA.- ¿Tan pronto?

DOÑA ANTONIA.- ¡Ay mamá!

DOÑA VENANCIA.- Ven, hija mía; dame el último abrazo.

DON ANDRÉS.- Hija, recibe mi bendición paternal.

DOÑA ANTONIA.- ¡Querido padre!

DON ANDRÉS.- El consuelo que me queda es que te veo reunida con un hombre de bien.

DOÑA VENANCIA.- ¡Ah! ¡No puedo resistir a mi dolor! (Llora.)

DOÑA ANTONIA.- ¡Hermana mía!

DOÑA MERCEDES.- ¿Con que te vas?

Ant. y DOÑA MERCEDES.- ¡Ay! (Ídem.)

DON ANDRÉS.- En vano quiero contener mi llanto. (Ídem.)

PAQUITO.- ¡Ay, que se la lleva! (Ídem.)

DON JUAN.- Pues señor, todos lloran; ¡qué momento tan divertido!

DON FEDERICO.- Vamos, señores, déjense ustedes de eso. Esta no es una separación, pues se verán todos los días.

DON JUAN.- Ya se ve: esto no es más que dilatarse la familia...

Vamos, querida Antoñita, dame el brazo. Señores, buenas noches.

DON ANDRÉS.- ¡A Dios, hija!

DOÑA VENANCIA.- ¡A Dios!

DON JUAN.- ¡Cielos! Ya estoy deseoso de verme en mi casa. ¡Qué incómodo y azaroso es el día, más feliz de la vida!

FIN